太陽與她的花

the sun and her flowers

露琵・考爾
rupi kaur

張家綺——譯

獻給我的創造者

卡瑪兒吉特・考爾和舒奇特・辛格

因為你們，才有今日的我

我希望你們看著我們

心想著

你們的付出與犧牲是值得的

獻給我絕倫出色的妹妹和弟弟

普拉蒂普・考爾

奇嵐蒂普・考爾

薩希普・辛格

我們同在一起

你們就是愛的定義。

目錄
Contents

蜂為蜜而來

花咯咯傻笑

脫得一絲不掛

等誰來摘採

太陽笑了

——第二次誕生

輯一

枯萎

wilting

愛情最後一天
心臟在我體內爆裂

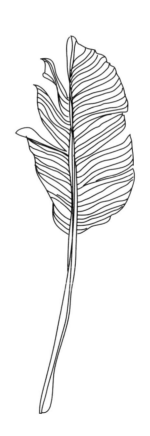

我整個夜晚
都在施展讓你回心轉意的魔法

我撈起你送我的
最後一束花
它正在花瓶裡枯萎
我一朵
接著
一朵
折下花
吃下去

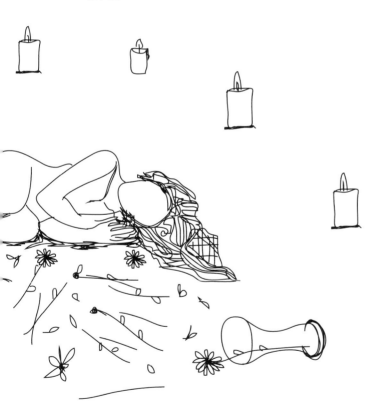

往所有門縫塞緊毛巾
給我滾，我對空氣說
我不需要你
將屋內所有窗簾拉起
還不走，我對光線說
誰都別想進來
誰也別想出去

／墓地

你已離開
我對你渴望依舊
但我值得一個
願為我留下的人

失去後我成日虛弱躺在床上
窮盡眼淚想讓你回頭
可是淚水流乾
你卻沒回來
我掐著肚皮直到滲血
已數不清過了多少天
太陽化為月亮
月亮化為太陽
我變成鬼魂
百轉千迴的念頭
每分每秒撕裂我
你一定正在路上
或許你最好不在路上
我沒事
才怪
我憤怒
沒錯
我恨你
也許
我無法前進
會的
我原諒你
我想要扯光我的髮絲
一再一再一再地
直到腦袋疲累得靜下來

昨日
雨水想模仿我雙手
滑落你身體
我撕開天空讓雨水滑落

／嫉妒

為了睡著
我得想像你的身體
蜷曲在我身後
就像一支湯匙疊上另一支
直到我聽見你的呼吸
我得反覆念你的名字
直到你回應我，然後
我們聊聊天
唯有這時
我的腦袋
才能漸漸睡著

／假裝

我真正心碎的
不是我們半途而廢
而是要是堅持下去
我們本可以建築出什麼

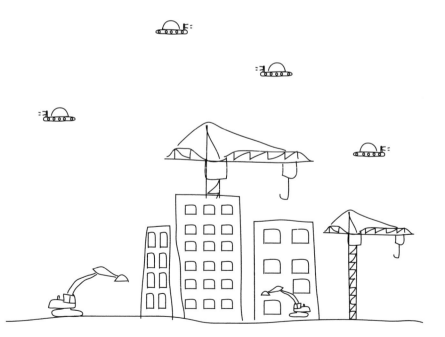

我還能看見我們的工地安全帽
躺在最後扔下的地方
塔架不知該看守什麼
推土機痴等我們回來
木板僵直躺在箱子裡
渴望誰來釘起
卻再沒人回去
通知停工
最後
磚塊等到倦怠，崩塌了
起重機難過得抬不起頭
就連鏟子都將生鏽
要是你我都走了
和別人
蓋其他大樓去了
你想這裡開得出花嗎？

／你我未來的工地

我為了早晨第一秒而活
在那半睡半醒之間
聽見蜂鳥在門外
和花兒打情罵俏
聽見花兒在傻笑
害蜜蜂又妒又嫉
轉過身要叫你起床
卻再一次
破碎
心悸
痛哭
震驚
然後想起
你早已不在

／沒有你的第一週

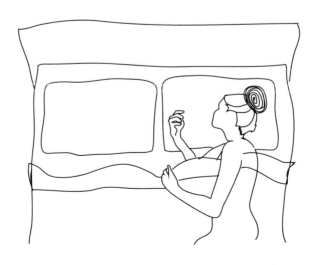

蜂鳥告訴我
你換了髮型
我嘴上說不在乎
耳朵卻聽著牠們
描繪你每一個細節

／渴望

我嫉妒
依然目擊你的風

在這世界上
我想當什麼都可以
偏偏我只想當你的

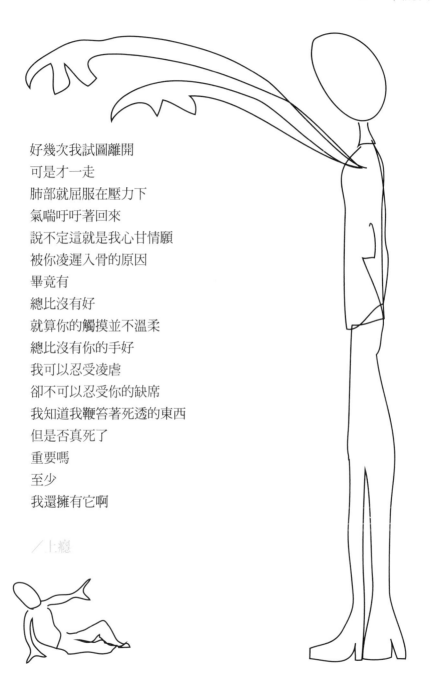

好幾次我試圖離開

可是才一走

肺部就屈服在壓力下

氣喘吁吁著回來

說不定這就是我心甘情願

被你凌遲入骨的原因

畢竟有

總比沒有好

就算你的**觸摸**並不溫柔

總比沒有你的手好

我可以忍受凌虐

卻不可以忍受你的缺席

我知道我**鞭笞**著死透的東西

但是否真死了

重要嗎

至少

我還擁有它啊

／上癮

你就像套上鞋一樣套住女人

愛你就像呼吸一般
空氣卻在注滿肺部前
消失不見

／猝不及防的消逝

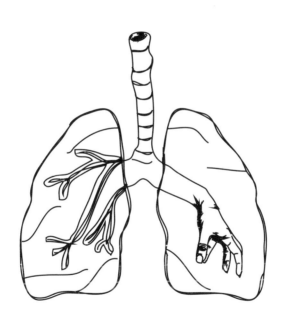

/愛情長怎樣

分手一週
心理治療師問我，愛情長怎樣
我不知如何回答
只知道
對我而言愛情長得像你

我驀然驚覺
原來我一直太天真
將美好想像投射於一人身上
彷彿全世界有一個人
一手包辦了所有愛
彷彿這足以讓七十億人口顫動的情感
長得像一八〇公分
中等身材棕色皮膚
早餐愛吃冷凍披薩的男人

愛情究竟長怎樣，心理治療師又問
一句話中斷了我的思緒
我差點起身
一去不回頭
但我付出了昂貴鐘點費
於是我目光犀利凝視她
猶如你準備交出愛
那般地望著一個人

噘起嘴唇，準備開口
目光鑿進對方眼睛深處
搜尋所有弱點
打賭弱點就藏在哪裡
頭髮塞到耳後
彷彿正準備張嘴發言
滔滔不絕哲學道理抑或
對愛情該長怎樣的失望

我不再認為他是真愛
我回答她
如果他就是真愛
他不該在這裡嗎
如果他是真命天子
坐在對面的不該是他嗎
我不再認為他是真愛，我重複
我想我只是想要一個
意義超越自我的東西
一旦出現一個
可能符合的人
我就竭盡所能
將他變成那個人
為了他失去自我
他對我予取予求
他用「特別」兩字包裝我
洗腦我他的眼只注視我
他的手只感受我

身體只屬於我
噢他掏空了我
那妳有什麼感覺
治療師打斷我
我覺得，我說
我很沒價值
說不定我們只是錯以為
說不定我們誤會愛要外求
愛會在踏出電梯那瞬間
迎面撞上來
在咖啡廳內誤坐我們的椅
出現在書店走道盡頭
恰如其分地性感有腦
但我覺得愛其實要從自己出發
其餘不過只是渴望需求痴念
的慾望和反射
追求外在不會有結果
要是不內省思考
又怎麼愛自己再去愛人

愛情長得不像某人
愛情要看個人表現
愛情是盡全力付出
即使只是付出較大那塊蛋糕
愛情是體諒了解
我們能傷害彼此
也能盡自己所能

不傷害彼此
愛情是認清我們值得美好甜蜜
要是有個人出現
說他會付出如你
你看得清他是撕裂而不是完整你
愛情是知道你選對人

你不能
當我是旋轉門
進進出出
我的身體裡
太多奇蹟正在發生
縱容不了你的隨便

／我不是你想到才做的嗜好

你離去
連太陽也一併帶走

我不遺餘力去愛
即便你早已不在
我抬不起眼
與人四目相接
凝視就像背叛
要是你回來
問我手摸了誰
我哪裡有藉口

／忠貞

拿刀刺入我身體
你也會開始淌血
我的傷變成你的傷
你難道不明白
愛情是一把雙面刃
你也會承受你讓我承受的痛

我想我的身體早就猜到你不會留下

我渴望
你
你卻渴望
別人
我拒絕了想得到我的人
是因為我想得到別人

／人類處境

我好奇

對你來說我是否夠美

或我是否真稱得上美

跟你見面前

我換了五次衣服

好奇著穿上哪件牛仔褲

身體才能誘人褪去衣物

快點告訴我

我該怎麼做

才能讓你心想——她呀

真是美呆

美到我的身體都忘了膝蓋存在

請寫下來指名寄給

我不安的身體部位

光是你的聲音就能讓我泛淚

用你的聲音告訴我，妳很美

用你的聲音告訴我，妳夠好

你無所不在
唯獨心不在
教人多受傷

照片拿出來
我想看是哪個女人的臉
讓你忘記家裡等著你的臉
讓你忘記今日是何日
忘記你對我說的哪個藉口
我曾感謝宇宙
讓我認識了你
你是否正進入她
而我還在傻傻祈求上帝
滿足你所有需求
你是否已在她那裡獲得
是否正爬出她身體
得到了從我這裡得不到的滿足

她究竟吸引你什麼
告訴我你喜歡什麼
我才能好好練習

你不在，好像缺了一隻手

/問題

我有一張問題清單
想問卻永遠來不及
我有一張問題清單
每當我獨自一人
就在腦海中播放
大腦無法停止搜尋你
我有一張想問的問題清單
要是你正在某處聆聽
現在就讓我問問你

你覺得兩個愛人道別
餘下的愛情
會發生什麼事
你覺得愛消逝前
會有多麼憂鬱
真的可能消逝嗎
或是它躲在某個角落
等待我們回來
當我們對彼此說謊
說你無條件地愛，離去後
誰受的傷比較重
我粉碎成一百萬塊小碎片
小碎片又裂成一百萬塊小小碎片
碎成塵埃，直到我

蕩然無存只剩緘默

告訴我，我的愛
對你而言沉痛的感覺如何
哀悼又有多痛
每次眨眼該如何再掀開眼皮
明知今後我再也不能回視你

帶著早知道的心情活著肯定很難
持續不歇的悶痛
肯定一直在你胃底翻攪
相信我
我也感覺到了
我們究竟怎麼走到這一步
怎麼撐過這一切
怎麼活了下來

你費盡了多少個月
才不再想我
你現在還會想我嗎
如果你說會
也許我也會
我想著你
想著我
跟我在一起
在我身體裡
在我身旁

無所不在
你與我和我們

你還會邊想著我邊撫摸自己嗎
你還會想像我赤裸嬌小的身體
壓上你的嗎
你還會想像我脊椎的弧度
想著你有多麼想撕裂它嗎
全因我脊椎向下彎進
完美圓潤的臀部曲線
讓你為之瘋狂

寶貝
親愛的寶貝
甜蜜的寶貝
我們分手後
你有多少次假裝
我的手在輕撫你
你有多少次在幻想過程搜尋我
最後不是高潮而是流著淚結束
不要對我撒謊
我看得出你說謊
因為你的答覆
總有些許傲慢

你在生我的氣嗎
你過得好嗎

答案若是不你能告訴我嗎
若我們再次見到面
你還會攬我入懷嗎
正如上一次對話時
你說這就是你的打算
說你下一次還要擁抱
還是我們只會互望
渴望著融入彼此身體
卻只能在皮膚底下顫抖
因為那時可能
已有個人等著我們回家
我們真的很合對吧
現在問你這些
是否很不得體
告訴我，我的愛
說你也在尋覓
這些問題的答案

你來電說你想我
我轉過臉瞥向大門
等著你敲門
幾天後你又說需要我
我始終不見你身影
都這個節骨眼了
草坪上的蒲公英
全失望地翻白眼
青草宣布你成為過去式
憑什麼要我在乎你是否愛我
是否想念我是否需要我
而你只是光說不練
當不成你的真命天女
就讓我成為你最大的遺憾

從這裡該怎麼出發，親愛的
結束了，我站在你與我的十字路口
現在究竟該何去何從
當我身體每根神經都為你搏動
當我想到你就忍不住分泌唾液
當你只是佇立在那就能牽引我
我怎麼可能轉身選擇我自己

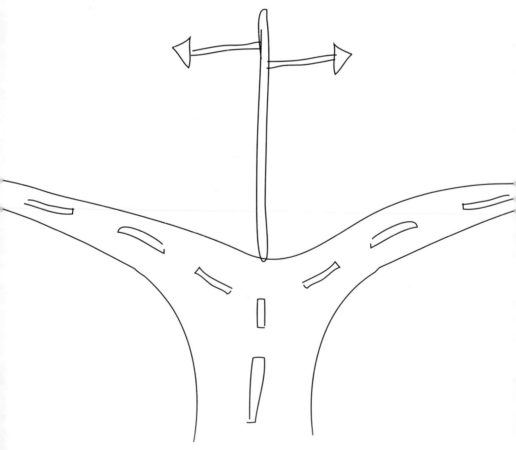

我日漸發現
我所思念有關你的一切
原來都不屬於原來的你

／我愛上的只是幻影

他們離去
假裝什麼都沒發生
他們回來
假裝從來不曾離去

／鬼魅

我想找到答案
但最後一次對話終了
卻始終沒答案

／了結

你問我
可不可以繼續當朋友
我解釋，蜜蜂
不會夢想著親吻
花兒的脣
最後只甘於停在葉子上

／我不需要再多一個朋友

為什麼
要等到故事落幕
我們才開始感受

起來吧

月亮說

嶄新的一天降臨

日子照樣過，太陽說

生命不為誰駐足

它拖著你的雙足

不顧你是否想前進

這可是一份禮物

生命逼你忘卻你對他們的渴望

你的皮一層層剝卸，直到

他們所觸摸的你一寸不剩

你的眼睛

終於只是你的眼

不再是凝望著他們的眼

你會支撐到最後一刻

而最後不過是個開端

去吧

推開門迎接剩下的

／時間

辑二

凋零

falling

我發現了我不具備的特質
然後決定那就是美

上一場逝去讓我變得麻木漠然，
它帶走了我人性的一面。
我曾是情緒化的人，
一句要求就能使我潰堤。
可是現在淚水已經瀉光。
我當然在乎身邊的人，
只是很難再展現出我在乎。
一堵高牆擋在中央。
我曾經夢想著變得堅強不會受到絲毫動搖。
現在，我是，如此堅強，什麼都動搖不了我。
而我卻夢想可以變得柔軟。

／麻痺

昨日
我醒來
太陽墜落地面，滾走
花兒折斷自己的頭
只剩我還活著
我卻幾乎沒有活著的感覺

／憂鬱是一道存活在我體內的陰影

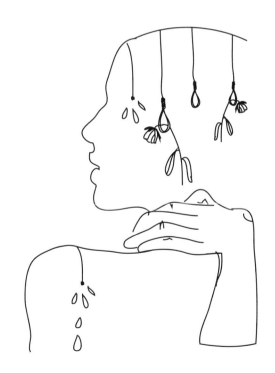

妳為何對我如此不好
我的身體哭訴

誰教妳長得不像他們
我對她說

你在等待一個
不會回頭的人
這意思是
你過著每一天
期望某人會發現
自己無法一天沒有你

／不是這樣就會實現

常常
我們生別人的氣
是因為對方沒做到
我們應該為自己做到的事

／責任

你怎麼沒關上我兩腿之間的門
是你太懶
是你忘了
還是你故意不關上我

／與上帝的對話

沒人告訴我會這麼痛
沒人警告我
為朋友心痛會有多痛
專輯在哪裡，我納悶
沒有描寫這種痛的歌曲
我找不到這樣的芭樂歌
也沒讀過哪本書探討過
朋友離開後的傷痛
這種心痛
不像海嘯鋪天蓋地
是一種慢吞吞的癌
幾個月後才現形
不會有明顯症狀
一下這疼
一下頭痛
但它是應付得了的痛
管它是癌症是海嘯
結局都相同
管他是朋友是情人
失去了就是失去了就是失去

我聽過一千句美言
可是又有何差
只要聽到一句醜話
自信全盤崩塌

／只聽壞話

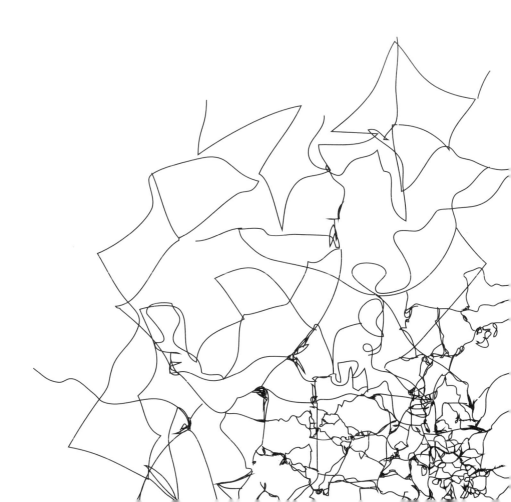

/家

我記得那是尋常的週四早晨
日光吻上我的眼皮道聲早安
我記憶猶新
我爬下了床
煮著咖啡聽著門外孩子嬉鬧
記得我打開音樂
餐盤放進洗碗機
把花插上花瓶
擺在餐桌正中央

公寓一塵不染
我踏進了浴缸
洗去髮間的舊日
裝扮我自己
像是在住家牆面上
陳設相框書架照片
脖子掛上項鍊
勾著耳環
漆上唇膏
頭髮往後一掃，一個尋常週四

那天我們和朋友聚會
你問要不要送我回家
我說好，我們爸爸是同事

你常常來家裡吃晚餐
可是我早該料到
當你開始混淆分不清
友善對話和打情罵俏
當你要求我放下頭髮
當你開車不送我回家
而是衝向人生和紅綠燈的刺眼十字路口，左轉
開上一條鳥不生蛋的路
我問你現在要去哪
你問我是否害怕
我的聲音躍出喉頭邊緣
降落在腹部底端，無數個月蜷縮在那
所有身體部位全關上燈
拉起百葉窗
鎖上大門
我躲在意識的
頂樓衣櫃深處
這時有人敲破窗——是你
踹開前門闖進來——是你
有人奪走了一切

是你
揮著刀叉戳刺我
眼底閃爍著飢餓
好似數週沒進食
而我是一塊五十公斤的生肉
你用手指撕開我的皮，開腸破肚

彷彿哈密瓜果肉般刮得一乾二淨
我呼天搶地向母親求救
你將我的手腕壓制在地
我的乳房撞成瘀傷熟果
如今這個家已經荒蕪
沒有瓦斯
沒有電力
沒有水源
糧食腐壞
從頭到腳籠罩一層灰
果蠅，蜘蛛網，臭蟲
誰來找個水電工
我的胃部堵塞
不住嘔吐
誰來找個電工
我的眼已點不亮
誰來找個清潔工
把我洗淨掛起晾乾

自從你闖入我家
這裡已不像我家
我無法若無其事讓任何情人進門
第一次約會後我失眠
不思茶飯
骨瘦如柴
忘記呼吸
每個夜晚我的臥房變成

恐慌症發作的精神病房
男人成了鎮靜我的醫生
每個觸摸我的情人──都像你
他們的手指──是你
嘴脣──是你
直到趴在我上方的不是他們
──而是你

我厭倦了
老是聽你的，這樣根本行不通
幾年來我努力釐清
究竟該如何終止
無奈太陽止不住風暴
樹木阻擋不了斧頭
我不能怪自己胸口
留下你大男人的窟窿
扛著你的罪狀太沉重──我要放下它
我厭倦了拿你的恥辱裝潢這個家
把它當成我的恥辱
背負你一手促成的
太痛苦
畢竟不是我親手造成

真相豁然開朗──經過多年風雨
彷彿陽光總算降臨
穿透敞開的窗扉灑落
我花了好久才領悟

但最後又繞回原點
需要一個破碎的人前來
在我兩腿之間尋求意義
需要一個完整、健全
設計完美的人才捱得過
需要先由野獸偷走靈魂
再派一個鬥士奪回
這是我初來乍到這個世界
的第一個家
也將是最後一個家
你休想占地為王
這裡沒有你的空間

沒有歡迎光臨的地墊
沒有空出來的客房
我推開所有窗扉
讓空氣流通
在餐桌中央擺放插了花的花瓶
點燃一根蠟燭
思緒通通丟進洗碗機
沖洗至光潔無瑕
刷擦流理台
再踏進浴缸
洗去髮間的舊日
用金黃裝扮身體
播放音樂
抬起雙腳

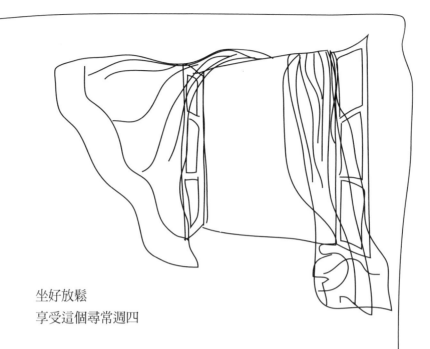

坐好放鬆
享受這個尋常週四

當白雪紛落
我渴望青草
當青草生長
我狠心踏過
當綠葉褪色
我乞求繁花
當繁花盛開
我摘下它們

／不知感恩

告訴他們，我是
你知道最溫暖的所在
而你又是如何令我冷卻

那晚在家
我在浴缸注滿滾燙熱水
丟進花園摘來的綠薄荷
兩匙杏仁油、少許奶和蜜、一小搓鹽
鄰居草坪拾來的玫瑰花瓣
浸泡在藥水裡
迫不及待洗淨污穢
第一個鐘頭
我從頭髮挑出松針
數著一根、兩根、三根
翻過正面排排放好
第二個鐘頭
我放聲大哭
嚎啕痛哭從體內奔竄而出
誰料得到女孩竟能變野獸
第三個鐘頭
我在我身上發現他的痕跡
汗水不是我的
大腿間的白色
不是我的
咬痕
不是我的
氣味
不是我的
血跡
不是我的
第四個鐘頭我開始禱告

我感覺你將我拋向
一個距離我自己遙遠的地方
那之後我一直努力尋找歸途

我將身體降格至純粹美學境界
記不起它為我帶來的生命奇蹟
每一次心跳，每一次呼吸
只說它不像別人是最大敗筆
我四處搜尋著奇蹟
卻愚昧地沒有發現
我已活在奇蹟之中

寂寞最諷刺的
就是我們正
同步寂寞

／我們一起寂寞

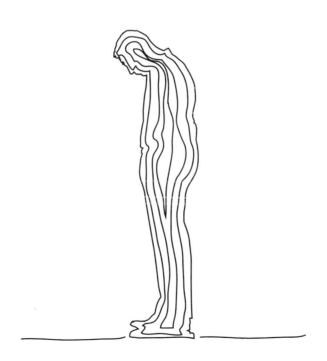

我有個多毛的少女時代
纖細四肢毛茸茸
我們的街坊傳統
是我和其他少女
三不五時光臨搭建在
破舊地下室的家庭式沙龍
老闆娘都是
老到可當我媽的女人
膚質跟老媽一樣
卻完全不像我那樸素的媽
她們一身棕皮
蓄著白皮人的黃髮
頭髮猶如斑馬一絡絡
頂著兩道細眉
我羞愧望著自己的毛毛蟲
夢著哪天也會變得那麼細

我怯生生坐在簡陋等候室
跟著小電視螢幕上播放的
寶萊塢音樂錄影帶哼唱
其他女人則在
蜜蠟除毛或染髮

阿姨叫我進來
我走進室內
閒話家常兩句
她讓我先更衣

我脫下外褲和底褲
躺上美容桌
她回來，調整我兩腿
像一隻張開翅膀的蝴蝶
兩隻腳掌平貼
膝蓋指著反方向

先用殺菌紙巾擦拭
接下來上冰涼凍霜
學校怎樣，妳讀什麼，她問
然後打開雷射
操作柄頭，對準恥骨
就這樣
橫掃四周毛囊
我的陰蒂陣陣灼熱
每次掃射都不住蹙眉
痛得顫抖

我為何非得這麼做
非要懲罰我的肉體
只為它天生的模樣
懊悔之中我想起了他
想起我多麼羞於赤裸
除非乾淨無毛

／地下室美容師

從抵達的那一刻開始
我們分分秒秒都在死去
一路上卻忘記欣賞風景

／活得精彩

當你屬於我
我覺得人生完整
當你不再屬於我
我的人生
才真正完整

我的眼睛

像是一面鏡

映照出每個掃視的反射面

尋覓某個美麗的影像回望

我的耳朵網羅讚美誇獎

可是無論多麼努力搜羅

對我都是不夠

我上診所，進百貨公司

尋找美麗藥水新穎技術

我試過雷射

試過做臉

試過除毛刀和昂貴面霜

滿懷希望的一分鐘裡它們充實我

讓我從左臉頰閃耀動人到右臉頰

可是一感覺到自己美

它們的魔力剎時消逝

究竟該上哪裡追求美

我不惜付出任何代價

只求擁有高回頭率的美

時時刻刻不分晝夜

／永無止境的追尋

這地方讓我感到一股
跟睡眠不足無關
的疲憊
那是一種跟身邊的人絕對有關
的疲憊

／內向人

要是你撫摸過我
覺得這樣的我變得廉價
彷彿你在我身上游移的手
可以放大你而縮小我
貶得我一文不值
那你一定覺得自己卑微

／價值不能這樣傳染

不是一覺醒來就成得了蝶

／成長是一個過程

我真的活得好辛苦
總拿自己跟別人比
我將自己拉得纖長，努力變成她們
嘲笑這張像老爸的臉
說它長得醜
趁早熟雙下巴猶如蠟燭
融化流至肩膀前先餓肚子
修復背負性侵重擔的眼袋
將鼻子整形療程設為書籤
有太多部位需要照顧
你可不可以為我指引正確方向
我需要脫下這副軀殼
重返子宮

一如大雨過後
的彩虹
喜悅總在悲傷後
露臉

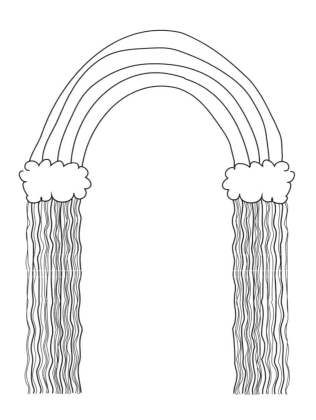

不，在家裡是負面字眼
不，每每迎來鞭子伺候
從我們的字彙表裡消滅
從我們的背上打掉
直到成為乖巧孩子
直到什麼都點頭說，好

當他爬上我
我全身上下抵抗著他
嘴卻無法說不來救自己
當我張口尖叫
發出來的聲音是緘默
我聽見，不，握緊拳頭
拍打著我的嘴巴上顎
乞求我放她出來
可是我沒有掛起出口標示
也未曾建蓋緊急逃生梯
沒有讓不逃生的活板門

聽話有什麼用
要是這雙不是
我自己的手
硬闖入我的身體

／要是小時候不准說不，長大又怎說得出口

就算知道
它們活不了多久
它們依舊選擇
活出最耀眼奪目的人生

／向日葵

當你找到她
請你告訴她，我沒有一天
不想著她
那個把你當作
全世界的女孩
當你把她拋向牆面
她淚流滿面
告訴她，我也跟著流淚
她被一頭捉起撞上
灰泥牆凹陷碎裂的聲響
也活在我的耳裡
告訴她，奔向我
我已經扭開螺絲
拆下門框上的前門
推開所有的窗
屋裡正放著熱水澡
她不需要你這種愛
我就是她能逃離你
找回自己的證據
若我可以不死在你手裡
她也可以

自從第一次被觸碰
那些身體部位依舊隱隱作痛

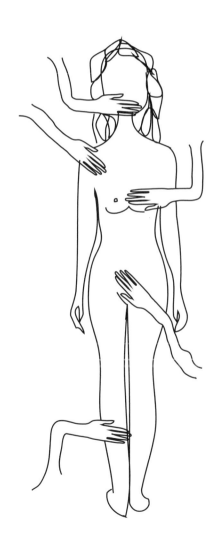

/成長的藝術

十二歲我第一次覺得自己美
身體猶如一顆初熟水果
突然間
男人淌著口水瞅著我的初生臀
下課時間男生不想玩捉鬼
只想觸摸我的身體
那嶄新又陌生的部位
我不曉得如何駕馭
也不知怎麼坦然面對
努力想將它藏在胸腔裡

咪咪，他們說
我厭惡這兩個字
厭惡我說出這兩個字的尷尬
即使這兩個字指的是我身體
卻不屬於我
而是屬於他們
他們重複這兩個字
好像深思它的含義
咪咪，他說
讓我看看妳的吧
除了罪惡羞恥沒什麼好看
我試著腐爛陷入腳底泥巴
卻依舊杵在距離他那

勾起指頭的一尺之外
他俯衝上來啃噬我的半月
我咬了他前臂，好恨這副軀體
一定是我做錯事才會有它

回家後我告訴媽媽
外面的男人飢腸轆轆
她告訴我
我不能穿衵露胸部的洋裝
又說，男孩看見蜜果會飢餓
她說，我應該兩腿交叉坐正
這是女人該有的姿態
不然男人會氣憤動粗
又說，我可以避免這一切
只要我學習當淑女
問題是
這根本說不過去
我想不通為什麼
我得說服全世界一半人口
我的身體不是他們的睡床
明明我該學的是科學和數學
卻得學習身為女人該承受的下場
我喜歡翻筋斗和體育課，無法
想像兩腿夾緊走路
似欲窩藏某個祕密
彷彿接受我自己的身體部位
就等於邀請他們腦海起邪念

我不打算迎合他們的思想
因為蕩婦羞辱是性侵文化
處女情結是性侵文化
我不是你最愛商店的
櫥窗模特兒
不能任你隨意更衣，或
一旦被用過就丟棄
你不是食人族
你的行為不是我的責任
你有自制能力

下一次我去上學
男孩朝我後背吹口哨
我推倒他們
一腳踩上他們的頸子
挑釁地說
咪咪
那個眼神簡直太好笑

當世界在你腳邊碎了
讓別人幫忙撿起碎片
沒什麼大不了
要是你順遂如意
我們正好在場參與你的幸福
那我們當然也可以
分享你的痛楚

／自己人

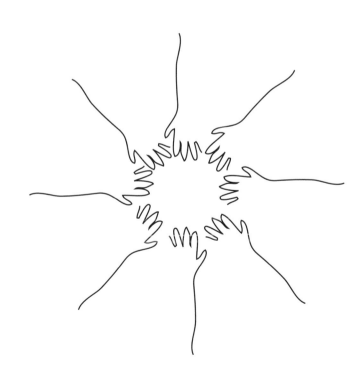

我哭泣
不是因為不快樂
而是因為我什麼都有
可是,我還是不快樂

放手吧
讓它走吧
要來就來吧
這世上
沒什麼
是絕對保證，或者
無論如何都屬於你的

／你有的只有自己

對你不好的
那些人
祝福他們純淨去愛、柔軟平和
然後繼續過你的生活

／你倆就能自由

是的
同一時刻
對一個人又愛又恨
是可能的
我對自己也是
哪天不是

從哪時開始
我不再愛自己
我成為我最可怕的敵人
我以為我曾經看過惡魔
那些小時候騷擾我們的叔叔
將城市夷為平地的縱火犯
卻不曾見過像我這樣
渴望我肉體的人
為了清醒我撕裂肌膚
將皮翻轉過來
灑上鹽巴懲罰自己
騷動將我的神經凝結成塊
使我的血液凝固
我甚至嘗試活埋自己
可是泥土卻退縮了
它說，你已腐爛
這裡已經沒我的事

／恨自己

你講到自己的語氣
你貶低自己的說法
你讓自己顯得渺小
全都是一種虐待

／自我傷害

我狠狠墜落谷底
再更下層的谷底
沒有繩索也沒有援手
我忍不住好奇
要是誰都不想要我
是否因為連我都不想要我
是否有可能我既是毒藥
也是解藥

首先

我捉出我的語言

那些我辦不到，那些我不會，和那些我不夠好

將它們排成一列，槍斃處決

再來我揪出我的思想

它們無形無體卻無所不在

我沒空一一集中

我得洗滌它們

將髮絲編織成一塊亞麻布

再泡在一碗薄荷檸檬水裡

唧在嘴裡，好沿著

我的辮髮攀上後腦杓

我跪著膝蓋，擦拭乾淨心思

用了足足二十一天

膝蓋磨到瘀青腫脹

但我不在乎

我的肺裡沒有氧氣

咳不出東西

我要刮除骨子裡的恨自己

掘出愛自己

／愛自己

我偉大的倖存使我無法安靜離去
請容一顆流星帶我走
呼叫雷聲當作後援
我的死將是盛大場面
大地震顫裂開
太陽吞噬自我
在我走的那天

我想蜜月一下自己

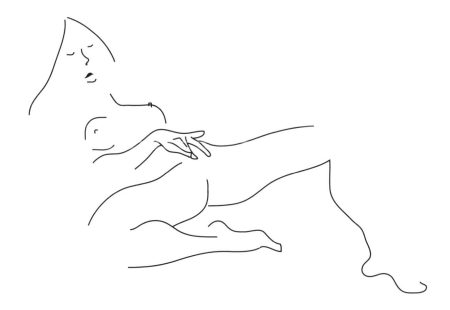

若我就是自己愛情長跑的對象
那麼我不吝嗇給予他人
悉心培育的愛和寬宏大量
是否也該不吝嗇給予自己

／我就是每晚跟我上床睡覺的人

還有什麼能比
人的心臟強壯
它碎了又碎
卻跳動依舊

醒來時我心想任務終了
今天我可以不用再練習
天真以為療傷那麼容易
可是這件事並沒有終點
沒有可以跨越的終點線

／療傷是每日課題

明明已經擁有很多
你卻渴望更多
別遙望你所沒有
看看周遭你所擁有

／滿足俯拾即是

你可以模仿我的光
卻無法變成這道光

縱使破事不斷
你還不是活得好好的

這就是人生的食譜
我母親說
我哭著任她擁在懷裡
想想妳栽種的那些花
每年妳在花園種下的花
它們教會妳一課
人也一樣
勢必經過枯萎
凋零
生根
萌芽
才可能綻放

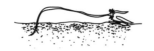

生根

rooting

他們哪可能知道冒著
再也找不到根的風險
失去家的感受
終其一生
被兩塊土地撕裂拉扯
成為介於兩個國家的橋

／移民

你快看他們幹了什麼好事
大地對月亮哭訴
他們把我變成一大塊瘀青

／鼻青眼紫

你是一道開放性傷口
我們卻踐踏在
你的血泊裡

／難民營

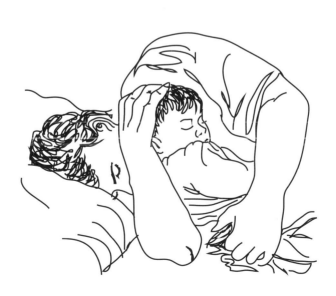

關於聆聽
母親教我沉默
若妳用話語淹沒他們的聲音
要怎麼聽得見，她問

關於說話
她說，妳要負責
說出的字字句句
要對得起自己

關於活著
她說，要軟硬兼具
要脆弱活著才不虛此行
又得夠強硬才撐得過去

關於選擇
她要我心懷感激
我所擁有的選擇
是她這輩子不曾有過的特權

／媽媽的教誨

離開自己的國家
對老媽不是件容易的事
我依然逮到她在
那些外語片和
販賣外國食品的走道裡
尋覓搜刮

婚禮那天她一身喜氣，金金紅紅。
我好奇她將他藏去哪，她弟弟，剛過世
一年的弟弟。她告訴我婚禮那天是她這輩子
最傷心的一天。她還沒走出來，一年不夠。
哪有可能那麼快復原。感覺只是一個眨眼，一次呼吸。
失去他的消息還沒沉澱，婚禮布置已經完成。
賓客漫步進來，那些閒話家常，那些手忙腳亂，
像是他的喪禮場面重新上演。
彷彿他的遺體甫被推進火葬場，
我父親和他家人已經抵達
婚禮現場。

／阿姆里克・辛格（一九五九～一九九〇年）

我很抱歉這世界
保護不了你
願你回家的路上
平安順利

／安息吧

你的腳像投奔安全的疲倦馬兒疾馳
被臀部拖拽的你快馬加鞭
你沒有資格休息
在這恨不得吐出你的國度
你只能繼續跑下去
前進再前進
別想停下來
終於你來到海邊
交出名下所有物
只為船上一席位
一百個跟你一樣的人
沙丁魚般摩肩擦踵
你告訴身旁的女人
這艘小船不夠堅固
載不了這麼多憂傷上岸
又有何干，她說
如果溺水比留下簡單
多少人被這水吞噬
說穿了只是一片狹長墓園
埋葬的屍體沒有國
也許這片大海就是你的國
也許小船沉了
是因它也帶不了你去哪裡

／小船

如果我們來到門前
他們卻把門甩上呢，我問

哪有什麼門，她說
我們已逃出死神的胃

邊界
是人為的
只能隔離人的身體
別聽從它們的挑撥
讓我們內心反目

／我們不是敵人

手術過後
她對我說
好奇怪
他們取出的
是她孩子的第一個家

／子宮切除術·二○一六年二月

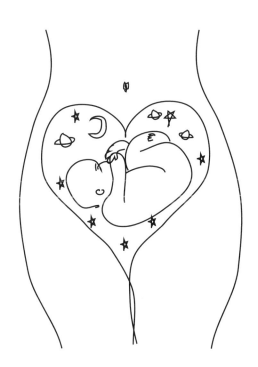

今天炸彈將整座城市
炸到只剩膝蓋高度
登船難民心知肚明
雙腳或許再也踏不上陸地
警察光憑膚色就拔槍射殺
上個月我參觀孤兒院
猶如垃圾廢置路邊的棄嬰
又在醫院目睹一位母親
失去孩子也失去理性
誰的情人在哪裡死去
而我怎能不去相信
我的生命就是場奇蹟
若在這片混沌中
我還能保有我這條命

／命運

可不可能我們都是移民
不過是換了一個家
最初離開子宮呼吸空氣
再從郊區搬到污濁都市
只為追尋美好人生
而某些人只是湊巧離開的是祖國

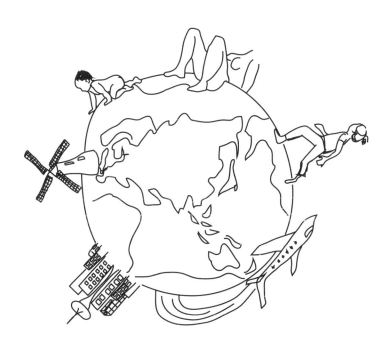

我的上帝
不在教堂裡守候
不坐在寺廟階梯
我的上帝
存在逃跑難民的呼吸
活在飢餓孩童的胃裡
祂就是抗議的心跳
我的上帝
不停留於聖人
創作的書扉裡
我的上帝
存在被迫賣淫的女人
那汗水涔涔的大腿間
有人見到祂為遊民洗腳
我的上帝
不如他們所說那般
只能遠觀
我的上帝
在我們體內永恆跳動

／母親結婚當天我想給她的建議清單

一、妳有說不的權利

二、妳丈夫的老爸多年前打得他
　　遍地尋不著示愛方式
　　他再也說不出愛
　　行動卻能證明他對妳的愛

三、跟著他去吧
　　當他進入妳身體到達那個境界
　　性並不齷齪

四、別聽他的家人反覆嘮叨
　　別因為我是女孩就墮胎
　　閉門防堵親戚，吞下鑰匙
　　他絕不會恨妳

五、飄洋過海離開時
　　帶上妳的日記和畫作
　　若不慎在新城市迷失
　　它們能提醒妳是誰
　　也能提醒妳的孩子
　　他們出現前妳擁有自己的人生

六、當丈夫不在家
　　到工廠加班
　　和部門裡的寂寞芳心
　　互結好友時
　　寂寞可將一個人切成兩半
　　你們需要彼此才活得下去

七、丈夫孩子會扒空妳的盤子
　　我們的情緒和思想會讓妳飢餓
　　可是這樣不對
　　別讓我們說服妳
　　犧牲自己就是
　　展現愛的唯一方式

八、妳母親離世時
　　買張機票回去參加喪禮
　　金錢來來去去
　　母親一生卻只有一個

九、妳可以花幾塊錢
　　買一杯咖啡
　　我知道昔日的我們
　　負擔不起這杯咖啡
　　但我們現在很好。深呼吸。

十、妳的英語七零八落
　　不懂使用電腦手機
　　是我們的關係，不是妳的錯
　　妳並沒有不如其他拿著高級手機
　　一身設計華服的媽媽
　　我們將妳困在家的四堵牆內
　　操累得妳變成皮包骨
　　妳已好幾十年不是自己財產

十一、沒有哪本手冊能教妳
　　　身為家族第一個身處異國的女性
　　　該如何獨力撫養家庭
十二、妳是我最景仰的人
十三、每當我差點粉身碎骨
　　　都會想起妳的堅強
　　　因而變得更強
十四、對我來說妳就是魔術師般的存在
十五、我想用輕鬆愜意為妳填滿餘生
十六、妳就是英雄的英雄
　　　眾神的神

我做了一場夢
夢裡我母親
跟她的今生所愛在一起
膝下無子
我從沒見過她如此幸福

／要是當初

你四分五裂了全世界
瓜分成塊
將它們圈地成國
對從不屬於你的東西
宣示主權
還不讓別人分一杯羹

／殖民

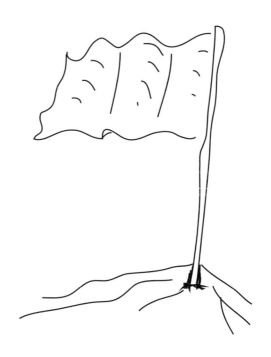

我父母不曾在夜裡與我們促膝長談
分享年輕時代的往事。一人忙工作，
另一人疲憊不堪，也許當個移民
就是這麼一回事。

北國的天寒地凍吞噬了他們，
他們的身體揮汗流血，就是為了爭取
公民權。也許新世界的重量沉甸甸，
舊世界的傷痛哀愁最好
棄置掩埋。

我倒希望可以挖掘出土，可以像是拆開
那封得老死的信封，刺破他們的沉默。
希望在邊邊角角逮到一個小洞，穿過手指
輕輕揭開。在我之前他們擁有一個完整人生，
我對那人生卻是全然的陌生人，若在他們
離開這世界前，我認識不了他們，
那就是我此生最大遺憾。

我的聲音

是兩個國家碰撞後

誕下的後裔

有什麼羞恥

若是英語

和我的母語

恩愛繾綣

我的聲音

既是她父親的語言

也是她母親的口音

嘴裡同時叼著兩個世界

又有什麼不對

／口音

海洋分隔他倆多年
一張照片即是兩人所有
大小不及護照的大頭照
她裝進了金鍊吊墜裡
他則把它塞在皮夾裡
每天睡前凝望照片
已是兩人的親密行為

那是電腦發明前的久遠年代
位在那個世界角落的家庭
不曾見過電話機，他們的
杏眼也沒看過彩色電視機

那是你我誕生前的久遠年代

飛機輪胎降落柏油地時
她納悶著是否搭錯飛機
擔憂這真是她的班機
早知道聽從先生指示
跟空姐多多確認幾次

走向行李提領的那段路
她的心臟劇烈跳動
差點掉出胸膛
她的目光飄向每個方位
搜尋著下一步
就在那瞬間

在那裡
佇立著
活生生的他
不是幻覺，真的是他
她先是鬆了一口氣
下一刻忍不住迷惘
他們樂此不疲等待重逢
當下她卻忘得一乾二淨
預習了好幾年的情話
他的眼睛下掛著黑眼圈

他的肩膀扛著無形重量
彷彿他的生命
已被榨得乾枯
她結為連理的人上哪去了
她納悶著摸上那金鍊吊墜
吊墜裡頭收著一張男人照片
影中人已不像眼前的丈夫

／新世界已榨乾了他

假使
時間不夠用
我給不了她應得的
可不可能
只要我真心乞求上蒼
母親的靈魂就可以
以女兒的身分回到我身邊
這樣我就能供應她
她在這一生
給予我的安穩

我想回到過去，坐在她身旁，自製電影記錄她的
一舉一動，利用餘生親眼見證奇蹟發生，在我出生前
未曾想像的人生。我想知道她和朋友在泥巴磚石
房屋的村莊，四面環繞著好幾畝芥菜和甘蔗田，
會為了什麼開懷大笑。我想坐在還是少女的母親旁，
問問她的夢想。我想成為她的辮髮，
成為一抹掃過她眼皮的烏漆化妝墨，
紮實陷入她指尖的麵粉，她學校課本的其中一頁，
就算只是她棉質洋裝的一條棉線，
對我來說都是全世界最棒的禮物。

／見證奇蹟

一七九〇年
他從妻子懷裡接過初生女嬰
步出兩人臥房
左手托住小嬰兒後腦
右手輕輕扭斷她的頸

一八九〇年
拿一條溼毛巾裹著她
把米粒和
沙子塞進鼻孔
一位母親與媳婦分享技巧
我以前非這麼做不可，她說
我母親也是
我母親的母親也是

一九九〇年
一篇新聞報導描述
隔壁村醫師的後院裡
發現掩埋了一百具女嬰屍體
她好奇他是否也帶她來這裡
想像著她的女兒變成了土壤
滋潤孕育著這國家的根莖

一九九八年
隔了幾片海洋的多倫多地下室
一位醫師執行非法墮胎
該名印度女子已有一女
一個已是負擔，她說

二〇〇六年
事情比妳想得容易，我阿姨告訴母親
她們認識一家人
已有過三次經驗
她們認識一間診所，可幫媽要到電話號碼
醫師甚至能開包生男藥丸
街尾那女的一吃見效，她們說
現在她有三個兒子

二〇一二年
十二所多倫多地區醫院
拒對懷孕家庭公布嬰兒性別
孕期第三十週始得宣布
而這十二所醫院全位於
南亞移民人口密集區域

／殺害女嬰與性別選擇墮胎

記住你同族
的身軀
一呼一吸那些將你
縫紉完整的人
你才是編織自己的人
可是在你之前的人
都是你布料的一部分

／尊敬你的根

他們活埋了我
我掘開土
爬出
又抓又扒
放聲咆哮
大地驚懼隆起
泥巴輕輕浮起
我的人生向來是起義
一場埋葬後又是一場

／我大可挖出一條離開你的路

媽媽犧牲自己的夢想
只為讓我一圓夢想

／破英文

我苦思著父親是如何
不識一個母音
帶著家人脫離貧苦
母親拉拔四個孩子
卻造不出一句
完美的英文句子
一對計畫大亂的夫妻
懷抱希望降落新世界
嘗遍挫折的苦澀滋味
沒有家人
沒有朋友
一個男人和他的妻子
兩份沒用的大學文憑
一個已經不靈通的母語
一個孕育小生命的隆起腹部
父親憂心著工作房租
因為無論如何嬰兒都將出生
他們內心閃過一個念頭
為了一個國家的美夢
這個生吞活剝我們的國家
投入畢生積蓄值得嗎

爸爸望向妻子眼眸
看見她的虹膜窩居著寂寞
他承諾在捲舌稱呼她「外人」的國家
給她一個歸屬
就在兩人婚禮那天

她離鄉背井成了他的妻子
離開祖國後變成一名戰士
一旦冷冽冬季降臨
除了彼此的體溫，他們沒有
能讓彼此不覺得冷的方法

他們像一組括號，面對著面
緊緊囊括攬起兩人最親愛的孩子
將裝滿衣物的皮箱變成安穩生活
變成定期薪資
只為讓他們那作為移民的孩子
不恨他們讓自己成為移民的孩子
他們賣力工作
那雙手已經不言而喻
他們的雙眼乞求睡眠
我們的嘴卻嗷嗷待哺
這是我見過最藝術的事
這是給耳朵閱讀的詩詞
那未曾聽聞熱情的耳朵
當我凝望著他們的傑作
我的嘴結巴著「就是」和「嗯」

只因英語沒有任何字眼
形容得出那一種美
我無法用二十六個字母壓縮他們的存在
嘴硬說這就是敘事
我曾經嘗試
但需要使用的形容詞
根本不存在
於是我一頁又一頁
寫滿文字寫滿逗號
再來又是文字逗號
這才明白世上有些事
就是那麼無窮無盡
句號永遠派不上用場

所以你憑什麼嘲笑母親
當她張開嘴
破英文溢出
切莫為她羞愧
她撕裂了國度抵達這裡
讓你日後不用橫跨海岸線
她的腔調濃郁似蜜
用你的生命擁抱它
那是她僅存的家鄉
休想踐踏那股醇厚
將它掛上博物館牆面
擺在達利和梵谷旁邊
她的人生精彩哀愁

親吻她的柔軟臉頰
一開口便遭全國嘲笑
的感覺她早已清楚
她超越了標點符號和語言
也許我們會繪畫寫作
她卻為自己創造出全世界

這才稱得上是藝術

輯四

萌芽

rising

愛情第一天
你用「特別」兩字環抱我

你肯定也沒忘記
整座城沉浸夢鄉
你我第一次清醒坐著
雖未發生關係
卻用文字話語
進出彼此身體
強烈電力讓四肢暈眩
充電成了半個太陽
那晚雖然滴酒未沾
我卻醉醺醺
回家時我心想
這大概就是靈魂伴侶

我難免憂心
畢竟為了你迷醉
就等於為他清醒
而我還沒做好心理準備

／前進

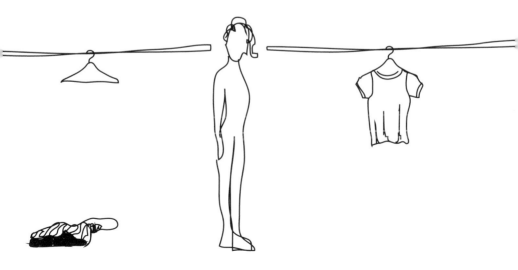

當我只曾預習
為恐懼張開大腿
我該如何迎接溫柔
要是愛在我心中等於暴力
你卻甜得如蜜
我該如何面對你
要是你想像熱情是四目相接
我的想像卻是震怒
該如何說這是親密
要是我渴望銳角
你的角算不上角
而是柔軟降落點
要是我所知的只有痛楚
我該怎麼教自己
接受健康的愛

我歡迎的是
與我平起平坐
的伴侶

永遠別為了重新開始感到罪惡

中間點很弔詭
介於現任與下一任之間
是一種跳脫過往觀點
嶄新看法浮現的覺醒
中間點的他們魅力消散
再也不是
你一手打造的那個神
你拿自己骨骼牙齒雕琢
的底座已托不起他們
偽裝不再，他們被打回凡間

／中間點

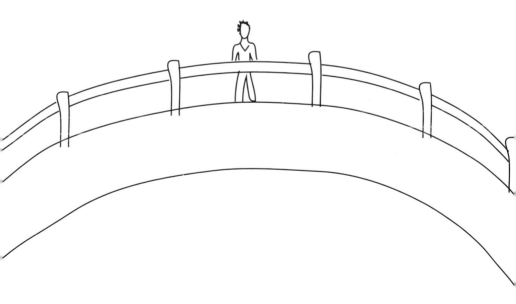

再次慢慢愛上誰的你
嘲笑愛情的遲疑不決
還記得你是多麼堅定
上一人就是真愛
現在卻回到原點
重新為真愛下定義

／新鮮的愛是種禮物

我不需要
消耗的愛
我想要一個
充飽我的人

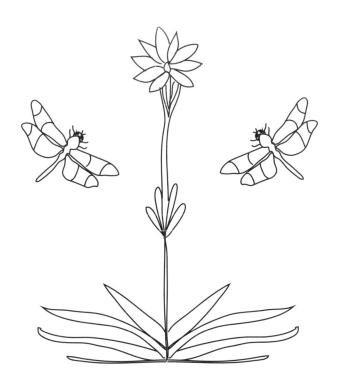

我試著不讓你
為他們的錯付出代價
我試著教自己
你不必為我的傷
擔負責任
我怎能為你沒做的事
懲罰你
你穿戴我的情緒
猶如一件迷彩軍事背心
你並不冷漠
不野蠻不飢餓
你是一帖良藥

／你不是他們

他的目光牢牢凝望著我
帶電手指碰觸我的肌膚
這樣感覺好嗎，他問
要求我的注意
我已無需回答
我期待著顫抖
對即將發生的事興奮又恐懼
他微笑
知道滿足就是這副表情
我是配電盤
他是電路
我的臀隨著他律動——那是韻律
我呻吟的聲音不是我的——而是樂音
猶如彈奏著小提琴弦的指頭
他在我體內激起一整座城的電力
事後我凝望他
告訴他
這感覺太神奇

當我踏進咖啡廳看見你，我的身體
已不再是初次巧遇的反應。
我等待雙腳僵住，心臟
棄我而去，你的出現讓我跌坐在地，
但這次沒有。四目相接時我波瀾不興，
你不過是穿著普通衣服，啜著普通咖啡
的一個普通男生。
沒什麼大不了。

我的身體肯定早就洗淨你，肯定
已經受夠我老是一副失去這輩子
最了不起的東西，肯定
早在自憐爛泥打滾時甩掉了不安。

那天我一臉素顏，披頭散髮
穿著弟弟的舊休閒衫和一件運動褲，
感覺卻像發光的賽蓮美人魚，
開車回家路上我在車裡手舞足蹈，只因
即便我倆在某間咖啡廳的同一個
屋簷下，你卻距離我一整個太陽系那麼遠。

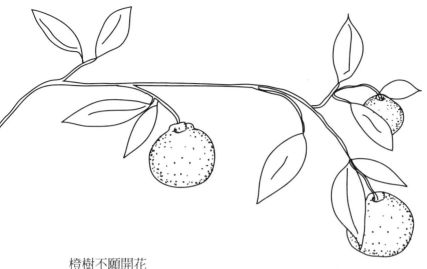

橙樹不願開花
除非我們先開花
當我們相遇
它們哭下了橘子
你難道看不出嗎
大地等了我們
一輩子
就連太陽
都足足閃耀七日

／慶祝

為什麼我總是兜圈子
周旋在想要你要我和
你總算想要我時
羞於自覺我內心存在的
情緒過於赤裸
為何我要讓愛我變得艱難
彷彿你永遠不該目睹
藏在我胸口下的鬼魂
關於這種事
我曾經很坦然的，我的愛

／要是你我相遇時我能如此情願

我再也無法壓抑
子夜時分
奔向大海
向海水表白我對你的愛
等到最後一個字落下
她體內的鹽化成了糖

索巴・辛格（Sobha Singh）畫作《索和妮》之頌歌

我說也許這是一場錯誤，也許我們之間不只需要愛。

你的脣壓上了我的，激情的吻讓兩人臉龐陶醉，
你說妳能說這個吻是錯誤嗎，
我想要理性思考，狂亂的心卻似有道理。
那裡。那裡有你尋尋覓覓的答覆，
在我的難以呼吸裡，我的啞口無言裡，
我的默默不語裡，我的無法言語是因為你將數不清的蝴蝶
塞滿我肚裡，就算這是一場錯誤，跟你一起犯錯才對。

一個
會哭
的男人

／天掉下來的禮物

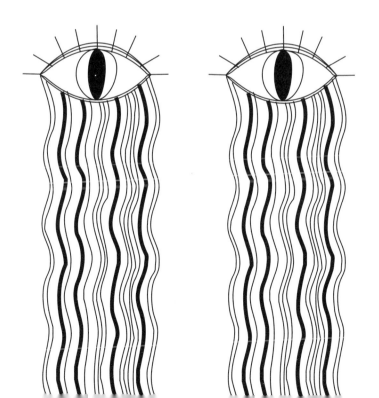

挑選人生伴侶時不要天真
請捫心自問
二十年後的今天
這人是否仍然會
跟我一起大笑
我是否不過被他電得神魂顛倒
我能否預見十年後的今天
兩人進化成不同人
抑或我倆成長停擺
我不想要被
外貌或金錢迷惑
我只想知道他能否帶出
最好或最糟的我
兩人核心價值是否一致
三十年後的我們
是否仍像二十歲那樣跳上床
我能不能想像垂垂老矣時
兩人依舊攜手征服世界
彷彿血管裡流竄著青春熱血

／檢查清單

妳和向日葵是怎麼一回事，他問

我指向屋外黃澄澄的花田
向日葵崇拜太陽，我對他說
太陽來了，它們才抬起頭
一旦太陽走了
它們垂頭喪氣地哀悼
太陽對花有這等能耐
你對我也一樣

／太陽與她的花

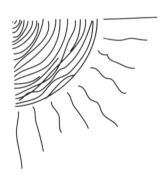

偶爾
我要自己
別大聲說出這句話
彷彿太常脫口而出
就可能凋零殆盡

／我愛你

你和我最重要的對話
是手指之間的交談
記得第一次晚餐時
你的手緊張掠過我的

你問我下週見面可好
它們畏懼緊繃
我一說好
它們伸展放鬆

當我們躺在被單下
它們彼此交纏
而我倆則是假裝
膝蓋並無虛軟

當我生氣
它們會隨著苦澀哭喊搏動
但當它們顫抖著乞求原諒
你看見了抱歉的模樣

當八十五歲，我們之中
一人在醫院病床上死去
你的手指緊緊握著我的
道出了言語無法描述的事

／手指

今早
我告訴花
我甘願為你做的事
聽完它們全綻放了

沒有哪裡是
我的尾你的頭
當你的身體
在我身體裡
我倆融為一體

／性愛

如果我非得走路去找你
就得花上八百二十六個小時
世界大亂時我忍不住思考
世界末日降臨
飛機停飛的話怎麼辦
有太多胡思亂想的時間
有太多需要填補消耗的空間
卻沒有可以填補消耗的親密
這感覺就好像受困在火車站
等啊等啊等
等待寫著你名字的火車進站
當月亮已在我這片海岸升起
太陽仍無恥地在你那片海岸燃燒
我心灰意冷發現就連我們的天空都是那麼不同
我們在一起那麼久
但是真的在一起嗎
若你擁抱我的時間短暫
觸摸始終印不上我肌膚
就算我竭盡所能在場
你終究不在場
那麼這一切頂多是
食之無味棄之可惜

／遠距戀愛

我
是水做的
感情當然豐富

他們應該像家一樣自在
是你人生的基地
是你脫卸下一天的所在

／真愛

月亮專門
為止水
牽引潮汐
親愛的
我是止水
你就是月亮

對的人絕不會
擋你的路
反而會為你騰出空間
讓你可以向前一步

當你
完整
我也
完整
我們有如兩顆太陽

你的聲音之於我
就像秋天之於樹
你打來說聲哈囉
我的衣衫不禁凋謝

我倆就是一場無止境的對話

當死神
牽起我的手
我會用另一手握著你
承諾今後每一場人生
都會找到你

／承諾

這感覺就好像
有人倒下冰塊
從我的上衣後背一路滑落

／高潮

你以前
曾經
在我
的體內

／另一世

上帝使用同一塊麵團
捏出了你和我
在烤盤上將我們揉滾成一個人
祂肯定驚覺
多不公平啊
只對一人施展神奇的魔法
於是狠心將麵團一分為二
否則又該如何解釋
若打從一開始我們是不同人
我凝視鏡子時
為何總是看見你
你呼吸時
為何我的肺部注滿空氣
為何我們才初次見面
我卻覺得已認識一輩子

／我們的靈魂猶如鏡面

變成
一具軀體
的兩條腿

／交往

你的心臟
肯定是個蜂巢
否則
一個男人哪能
這麼甜

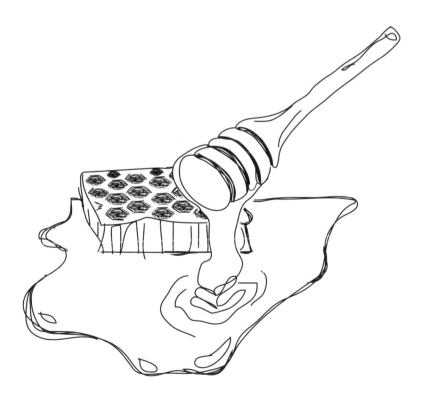

你要是再繼續變美
太陽會離開天際
來找你

／追求

這是我人生中最美好又煎熬的幾年。
我學到萬物短暫，光陰，感受，人，花。
我學到愛就是施予，就是一切，是放手去疼。
我學到脆弱是絕對正確選擇，畢竟在一個
不易保持柔軟的世界裡冷漠何其容易。
我學會萬物一體兩面。生與死。痛與喜。
鹽與糖。我與你。這就是宇宙的平衡法則。
這是傷痛欲絕又活著真好的一年。
陌生人晉升朋友，朋友降格陌生人。
我學到幾乎沒有薄荷巧克力脆片冰淇淋
解決不了的問題。至於它無法解決的傷痛，
永遠有我母親的臂彎。
我們必須學會將注意力放在正能量，一定要
將四肢浸泡在正能量，更盡責去愛這世界，
要是我們無法學會善待彼此，哪有可能
學會善待最不堪的那個自我。

輯五

綻 放

blooming

宇宙不疾不徐
雕琢你獻予世界
你是如此與眾不同
所以當你質疑
怎會創造出這樣的你
你質疑的是一個超越你我的力量

／無可取代

第一個女人張開腿
讓第一個男人進入
他看見了什麼
她領他步上走廊
前往神聖的房
房裡坐等他的
深深震懾了他
教他的信心崩潰

自那一刻起
第一個男人
開始監視第一個女人
日以繼夜
蓋了禁錮她的牢籠
好讓她日後無法犯罪
放一把火燒毀她的書
咒罵她 巫婆
嘶吼著 娼妓
直到黑夜降臨
倦睏雙眼背叛了他

第一個女人注意到
他不情不願睡著
那低沉嗡鳴
那隆隆鼓聲
她雙腿間一陣敲擊
一聲門鈴

一個人聲
一次搏動
要求她快開門
她手開始狂奔
衝上走廊
通往神聖的房
她發現
上帝
魔術師的魔杖
嘶嘶蛇語
正坐在她體內微笑

／當第一個女人用手指施魔法

我再也不會
拿自己的人生道路跟別人比

／我拒絕扯我人生的後腿

我是所有先人齊聚一堂
決定將故事娓娓道來的產物

很多人嘗試
卻始終捉不到我
我是鬼魂中的鬼魂
無所不在又從不存在
我是深藏不露的魔術
魔法中的魔法
沒人發現得了
我是多重世界裡的一個世界
包藏在太陽月亮裡
你可以嘗試但是
你的手永遠觸不到我

我誕生時
母親對我說
上帝在妳的體內
妳感覺得到祂在舞動嗎

馬諦斯（Henri Matisse）畫作《舞者》之頌歌

身為三個女兒的父親
將我們推向婚姻
是合情合理的事
這是我們文化數百年來
對於女性的標準描述
他反而將我們推向教育
明白教育能讓我們自由
在這想要壓抑我們的世界
他確定我們真的學到了
走出自己的路

這裡有太多張嗷嗷的嘴
可是沒幾個人值得
你的給予
將自己獻給寥寥幾人
並真心
對這幾張嘴付出

／投資在對的人身上

我來自大地
也將歸返大地
生與死是舊識
我是他們之間的對話
我是他們深夜的閒談
他們的笑與淚
就算他們把我當彼此的禮物
我有什麼好害怕
反正這裡從不屬於我
我卻一直屬於他們

去恨
多麼輕鬆懶惰啊
而去愛
卻需要耗費氣力
每個人都有愛
卻並非所有人
都願意練習

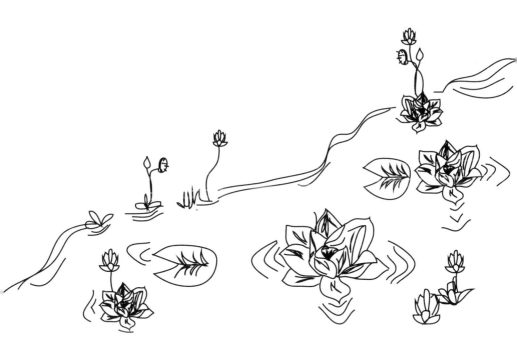

美麗的褐色女孩
妳的豐盈頭髮彷彿無人買得起的貂皮大衣
美麗的褐色女孩
妳的肌膚不由自主披上豐沛陽光
我知道妳痛恨色素沉澱
可是妳是光的磁鐵
連心眉——是兩個世界的橋梁
陰道——比其他人要來得深沉
低調隱藏著一座金礦
妳會早早就有黑眼圈
愛惜妳的光環吧
美麗的褐色女孩
妳從它們腹裡抱出了上帝

低頭望著你的身體
喃喃對它說
沒有一個家如你溫暖

／謝謝你

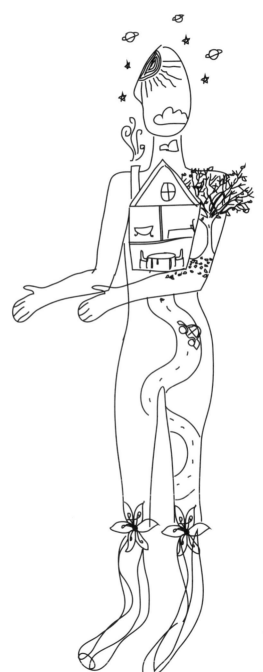

學習不妒忌
他人的福氣
這就是優雅的長相

我是家族第一個有自由選擇權的女性，
依照我的選擇雕琢她的未來，
可以暢所欲言，也不用擔心鞭子伺候。
我滿心感激那幾百個第一次，
享有我母親和她母親和她母親的母親
從未享受過的特權，我太榮幸，
可以成為家族第一個品嘗慾望滋味的女性，
怪不得我一生飢腸轆轆等著大快朵頤，
畢竟我要代替好幾世代的人填飽肚子。
老祖母肯定正在捧腹大笑吧，她們在死後的世界
圍著泥窯火爐，就著熱氣騰騰的杯子
啜著綜合香料奶茶。對她們來說能見到
後代如此勇敢活著是件多麼瘋狂的事啊。

阿姆麗塔・謝爾吉爾（Amrita Sher-Gil）畫作《鄉村風景》之頌歌

相信你的身體
關於對與錯
它的直覺反應更勝大腦

／身體會對你說話

我佇立在
我之前一百萬個女性
的犧牲奉獻上
思忖著
我該怎麼做
才能讓這座山高聳
讓後世女性
可以看得更遠

／遺產

我離開這裡時
請在前廊掛上花環
像婚禮布置一般，親愛的
將人們請出他們屋裡
來到街上共舞
當死神抵達
猶如步上紅毯的新娘
讓我穿上最亮眼的服裝送我一程
在賓客的冰淇淋上灑些玫瑰花瓣
沒什麼好哭的，親愛的
我等了一輩子
就是等待這樣的美人
奪走我的呼吸
等我走了
好好慶祝
畢竟我到此一遊
曾經活過
並在這場名為人生的比賽獲勝

／喪禮

我不再從別人心裡尋覓家
我掀開我內在的房屋地基
發現沒有比身心之間的根
還要更親密的根基
是它們決定了我的完整

不能為餵養我的人
盛裝餐盤
填滿陌生人的碗盤
又有什麼了不起

／家人第一

即使已經分開
它們依舊重逢
形影不離的戀人啊
無論我多麼努力
拔扯拉挑它們
我的眉毛總是
有辦法
找回彼此

／連心眉

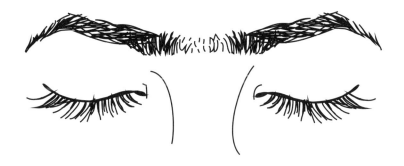

一個孩子與一名老人
面對面坐在餐桌上
面前一杯牛奶，一杯茶

老人關心孩子過得好不好
孩子回答很好，只不過
她已迫不及待長大
去做做大人做的事

孩子反問老人過得好不好
老人回答很好，只不過
他願意不計代價回到
還能走動做夢的年齡

他們就著杯子各啜一口
孩子的牛奶已經結塊
老人的茶也已經苦澀
淚水在他們眼眶裡打轉

當你有天什麼都擁有
我希望你還記得
你什麼都沒有的日子

她不是情色女星
也不是週五深夜
你狩獵的類型
她既不飢渴不隨便也不軟弱

/戀父情結並不是笑話

我多渴望當一片漂浮蓮葉

在追求完美的路上
我不斷調整改變
每當我覺得夠美了
對於美的定義
又倏忽改變

要是根本沒有終點線
我卻在努力追趕的路上
失去了與生俱來的禮物呢
畢竟缺乏安全感的美
是美不起來的

/他們專賣的那些謊言

妳想要
埋藏血和乳
彷彿子宮和乳房
從不餵養妳

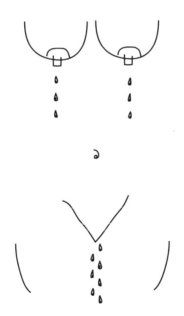

價值上兆美元的產業將會崩塌
只要我們相信自己已經夠美

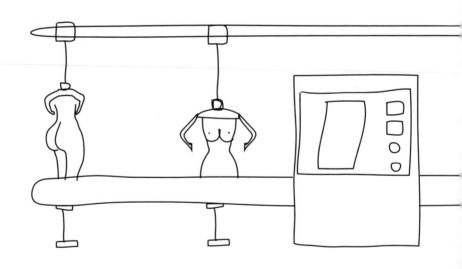

他們對美的概念
是人工製造
但我不是

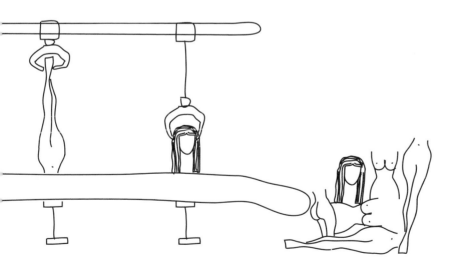

我該如何甩掉這種妒忌
當我見妳過得很好
姐妹，該如何愛惜自己才能讓我明白
妳的成就不是我的失敗

／我們不該彼此比較

擁有一身大地色彩
是一種福氣
你可知花兒有多常
錯以為我是他們的家

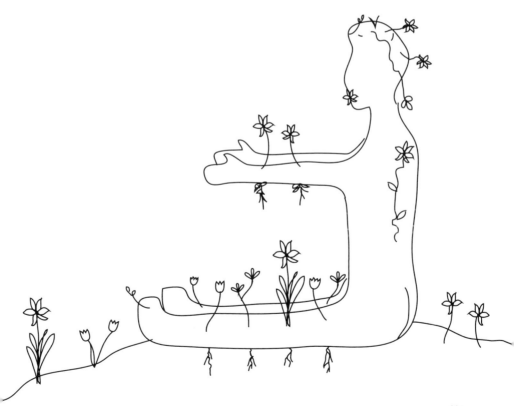

我們需要更多愛
不是男人的愛
而是自己的愛
和對彼此的愛

／愛是靈藥

你就是一面鏡
如果你再不用愛餵養自己
就只能遇見不餵你愛的人
如果你沉浸在自己的愛裡
宇宙就會帶給你
懂得疼愛你的人

／簡單的數學公式

她身上的衣物
有多多
或多少
都無關乎她的自由

／包得密不通風或衣不蔽體

山巒在我們的
腳下不斷隆起
抑制無效
咬牙撐過的唯一方法
就是做好準備
帶上妳的鐵鎚和拳頭
讓我們一起敲碎玻璃天花板

／消滅這裡的天花板

血緣並非妳我成為姐妹的條件
而是妳對我心的了解
彷彿我這顆心
其實活在妳的體內

什麼是女人必修的首要課題

打從第一天起
她的內在早已自給自足
世界卻說服她這樣不夠

他們想要說服我

我只剩幾年光陰

我將被年輕女孩後起之秀取代

講得好像男人隨年齡增長權力

女人只會日漸凋零貶值

他們可以繼續胡扯

畢竟我現在才起步

感覺像剛離開子宮

二十多歲只是暖場

預備接踵而來的大事

步入三十歲請走著瞧

到時我會正式介紹

內心奔放野蠻的女子

派對還沒開始我怎能離去

四十歲排演開始

隨著年紀我逐漸熟成

沒有保鮮期

現在

重頭戲來了

五十歲揭開序幕

好戲登場

／永不過時

若要痊癒
你就必須
從傷口根部
一路往上吻

他們把我們扔進巨坑自相殘殺
這樣就能省去麻煩
空間剝奪太久
生吞彼此才能存活
抬頭吧
抬頭吧
快快抬起頭
看他們正俯視我們
所以別再繼續內鬥
因為真正的野獸太龐大
一個人打不贏

女兒活在我腹裡時
我對她說話的語氣就像
她已經改變了全世界
她踏出我步上紅毯
全副武裝著一個認知
那就是只要全力以赴
就沒有她辦不到的事

雷蒙・杜雷特（Raymond Douillet）畫作《短暫旅途與永別》之頌歌

現在
不是安靜
不是為你挪出空間
的時刻
畢竟我們沒那空間
現在
是我們
大聲喧嘩
的時刻
盡可能抬高音量
讓人聽見

展現
是必要的
否則一隻蝴蝶
被一群飛蛾包圍
看不清自己
只能繼續當隻飛蛾

／展現

收下讚美吧
別不好意思
收下另一樣本來就屬於你的東西

我們打下的江山勢必要
為下一代女性奠定根基
好讓她們在各領域登峰造極
而這正是我們將留下的遺產

／進步

改變世界的道路
沒有盡頭

／一步一步來

我太愛你
無法默默看著你落淚
看我吻掉你體內毒素
我抗拒疲憊雙腳
的誘惑
不斷前進
一手是明天
一手握成拳
我要帶你走向自由

／給世界的情書

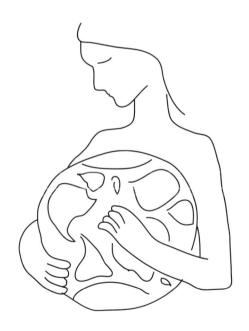

你的眼睛可曾見過我這樣的怪獸
我擁有桑樹的背脊
向日葵的脖子
我偶爾是沙漠
偶爾是雨林
無論如何野性十足
我的小腹溢出褲頭腰帶
每一絡髮都像鬈曲生命線
耗費多時才成就
這般甜美的叛逆
我曾經拒絕澆灌我的根
後來我理解
如果唯獨我
可以成為荒野
就讓我是荒野
樹幹不可能成為細枝
叢林不可能成為花園
所以我又何須改變

/自滿不已

太多人嘗試
卻始終分不出差異
金盞花和我的肌膚
兩者都像橙黃暖陽
將不賞識光的人扎得睜不開眼

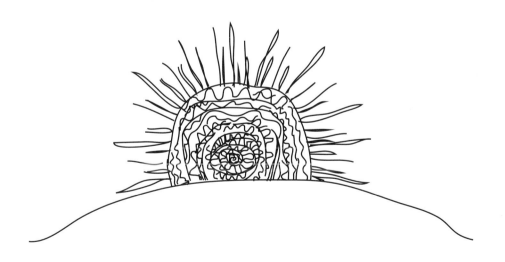

如果你從來不曾
與受壓迫者並肩
你還有時間

／撐起他們

一年結束。我在客廳地毯上攤開
這三百六十五天。

這個月我決定放下算不上我最深刻的夢想。
這天我拒絕當個自憐的受害者。
這週我在花園沉沉睡著。
這個春天我掐住自我懷疑的頸，
掛斷你的好意，取下年曆。
這週我瘋狂舞動，我的心臟再度學會漂浮水面。
這個夏天我拆卸牆上所有鏡子的螺絲，
不再需要看見自己才覺得
有人看見我。我梳落了頭髮的重量。

我折起好日子，收進後口袋
好好保存，擦亮一支火柴，焚化
多餘的東西。火光暖和了我的腳趾頭。
我為自己倒了一杯熱水，洗滌自我
迎接一月。我準備好了，更堅強有智慧地邁向嶄新。

已經
沒有什麼
好值得憂慮
太陽與她的花來了。

　　某些日子你可能覺得就連簡單的呼吸都讓人疲累。似乎放棄這一生簡單得多。消失的念頭帶來心靈的平靜。我曾久久迷失在一個不見天日的所在，那裡長不出一朵花，但在一片黑暗之中偶爾仍會冒出某樣我珍愛的東西讓我重生，像是瞻仰閃爍星空，和老友大笑的愜意愉快，告訴我的詩拯救了他們生命的讀者。可是我卻在這裡苦苦掙扎救自己。

　　我親愛的你們，活著很辛苦，誰都一樣辛苦。但我們得抵死不向困境屈服，拒絕向不順遂低頭。不順遂的日日月月年年。我們的眼飢渴著在世界大飽眼福。還有一片片數不清等著我們縱身一躍的土耳其藍大海。還有家人，不論是有血緣關係或你自己選擇的。以及愛上的可能，不論是愛上某人或某地。譬如跟月亮一般高聳的山峰，起伏蜿蜒入新世界的河谷。還有公路旅遊。接受我們不是這個所在的主人我認為是件非常要緊的事。我們只是她的訪客。所以就讓我們當個稱職的客人，把這裡當作只能動眼欣賞的花園，要動手時請溫柔對待，好讓日後的人們也能欣賞到它。

　　而當黑暗襲擊，讓我們尋覓屬於自己的太陽，種下屬於自己的花，宇宙會為我們灑下光與種子。或許我們的耳朵偶爾會聽不見，但樂音並沒有停止放送，你需要的只是稍微轉大音量。只要我們的肺裡還有氣息——我們就不能不繼續舞蹈。

關於作者——

　　五歲時母親給了她一枝畫筆，對她說——「畫出妳的心」。從此她開始透過詩作和繪畫記錄自己經歷的一切，探討愛、失去、創傷、療癒，和女性等議題。十七歲那年，她參加地方的開放麥克風之夜，表演了她第一首口語詩。露琵在就讀滑鐵盧大學的期間寫詩，製作插畫，自己出版第一本詩集《奶與蜜》。《奶與蜜》出版後風靡國際，登上《紐約時報》第一名暢銷書，且蟬聯一百多週，至今已創下近五百萬冊的銷售佳績，並翻譯成四十種語言。

　　露琵的第二本詩集《太陽與她的花》於二〇一七年出版，甫上市就登上全球暢銷書榜首，頭三個月即售出一百萬冊，深受全球讀者喜愛，已翻譯成三十二種語言。

　　露琵曾獲《富比士》雜誌選為「三十位三十歲以下最具影響力青年」（30 under 30）之一，擔任二〇一六年劍橋和牛津大學新作選輯「梅斯文學選集」編輯，更獲英國廣播公司（BBC）選為「全球百大女性」。

關於這本書——

《太陽與她的花》是一本
詩集，探討主題包括
悲痛
自我放逐
尊敬自己的根
愛情
自我賦權

共分成五輯
枯萎。凋零。生根。萌芽。綻放。

文字森林 文字森林系列 015
READING FOREST

太陽與她的花
the sun and her flowers

作　　者	露琵・考爾（Rupi Kaur）
譯　　者	張家綺
總 編 輯	何玉美
責任編輯	陳如翎
美術設計	鄭婷之
內頁排版	theBAND・變設計— Ada

出版發行	采實文化事業股份有限公司
行銷企劃	陳佩宜・黃于庭・馮羿勳・蔡雨庭・曾睦桓
業務發行	張世明・林踏欣・林坤蓉・王貞玉・張惠屏
國際版權	王俐雯・林冠妤
印務採購	曾玉霞
會計行政	王雅蕙・李韶婉・簡佩鈺
法律顧問	第一國際法律事務所　余淑杏律師
電子信箱	acme@acmebook.com.tw
采實官網	http://www.acmebook.com.tw
采實臉書	http://www.facebook.com/acmebook01

Ｉ Ｓ Ｂ Ｎ	978-986-507-163-9
定　　價	350 元
初版一刷	2020 年 8 月
劃撥帳號	50148859
劃撥戶名	采實文化事業股份有限公司
	104 台北市中山區南京東路二段 95 號 9 樓
	電話：(02)2511-9798　傳真：(02)2571-3298

國家圖書館出版品預行編目資料

太陽與她的花 / 露琵 . 考爾 (Rupi Kaur) 著 ; 張家綺譯 . -- 初版 . -- 台北市 : 采實文化, 2020.08

　面；　公分 . -- (文字森林系列 ; 15)

譯自 : the sun and her flowers

ISBN 978-986-507-163-9(平裝)

874.51　　　　　　　　　　　　　　　　　109009166

采實出版集團
ACME PUBLISHING GROUP
版權所有，未經同意不得
重製、轉載、翻印

太陽
與
她的
花

the sun
and
her flowers

太陽與她的花
the sun and her flowers

讀者資料（本資料只供出版社內部建檔及寄送必要書訊使用）：

1. 姓名：
2. 性別：□男　□女
3. 出生年月日：民國　　　年　　　月　　　日（年齡：　　　歲）
4. 教育程度：□大學以上　□大學　□專科　□高中（職）　□國中　□國小以下（含國小）
5. 聯絡地址：
6. 聯絡電話：
7. 電子郵件信箱：
8. 是否願意收到出版物相關資料：□願意　□不願意

購書資訊：

1. 您在哪裡購買本書？□金石堂（含金石堂網路書店）　□誠品　□何嘉仁　□博客來
　　□墊腳石　□其他：＿＿＿＿＿＿＿＿＿＿＿＿＿＿＿（請寫書店名稱）
2. 購買本書日期是？＿＿＿＿＿年＿＿＿＿＿月＿＿＿＿＿日
3. 您從哪裡得到這本書的相關訊息？□報紙廣告　□雜誌　□電視　□廣播　□親朋好友告知
　　□逛書店看到　□別人送的　□網路上看到
4. 什麼原因讓你購買本書？□對內容感興趣　□喜愛作者　□被書名吸引才買的　□封面吸引人
　　□其他：＿＿＿＿＿＿＿＿＿＿＿＿＿＿＿（請寫原因）
5. 看過書以後，您覺得本書的內容：□很好　□普通　□差強人意　□應再加強　□不夠充實
　　□很差　□令人失望
6. 對這本書的整體包裝設計，您覺得：□都很好　□封面吸引人，但內頁編排有待加強
　　□封面不夠吸引人，內頁編排很棒　□封面和內頁編排都有待加強　□封面和內頁編排都很差

寫下您對本書或【文字森林】書系的建議：